Les Pat le chat défilent au pas, hourra, hourra!
Les Pat le chat défilent au pas, hourra, hourra!

Dans la rue ils marchent un par un,
le plus cool joue un petit refrain.
Ils vont à la queue leu leu.
Vite, vite, parce qu'il pleut!

BOUM! BOUM! BOUM!

Les Pat le chat défilent au pas, hourra, hourra!
Les Pat le chat défilent au pas, hourra, hourra!

Dans la rue ils marchent deux par deux,
le plus cool s'arrête un petit peu.
Ils vont à la queue leu leu.
Vite, vite, parce qu'il pleut! BOUM!
BOUM!
BOUM!

Les Pat le chat défilent au pas, hourra, hourra!
Les Pat le chat défilent au pas, hourra, hourra!

Dans la rue ils marchent trois par trois,
le plus cool rencontre Katia.
Ils vont à la queue leu leu.
Vite, vite, parce qu'il pleut!

BOUM! BOUM! BOUM!

Les Pat le chat défilent au pas, hourra, hourra!
Les Pat le chat défilent au pas, hourra, hourra!

Dans la rue ils marchent quatre par quatre,
le plus cool gratte sa guitare.
Ils vont à la queue leu leu.
Vite, vite, parce qu'il pleut! BOUM!
BOUM! BOUM!

Les Pat le chat défilent au pas, hourra, hourra!
Les Pat le chat défilent au pas, hourra, hourra!

Dans la rue ils marchent cinq par cinq,
le plus cool préfère le bus punk!
Ils vont à la queue leu leu.
Vite, vite, parce qu'il pleut! BOUM!
BOUM! BOUM!

Les Pat le chat défilent au pas, hourra, hourra!
Les Pat le chat défilent au pas, hourra, hourra!

Dans la rue ils marchent six par six,
le plus cool, c'est Pat le bassiste!
Ils vont à la queue leu leu.
Vite, vite, parce qu'il pleut! BOUM!
BOUM! BOUM!

Les Pat le chat défilent au pas, hourra, hourra!
Les Pat le chat défilent au pas, hourra, hourra!

Dans la rue ils marchent sept par sept,
le plus cool joue un air très chouette.

Ils vont à la queue leu leu.
Vite, vite, parce qu'il pleut!
BOUM! BOUM! BOUM!

Les Pat le chat défilent au pas, hourra, hourra!
Les Pat le chat défilent au pas, hourra, hourra!

Dans la rue ils marchent huit par huit,
le plus cool attend son équipe.

PAT LE CHAT
ET SON GROUPE

CONCERT
CE SOIR
À 19 H

Ils vont à la queue leu leu.
Vite, vite, parce qu'il pleut!

BOUM! BOUM!
BOUM!

Les Pat le chat défilent au pas, hourra, hourra!
Les Pat le chat défilent au pas, hourra, hourra!

Dans la rue ils courent neuf par neuf.
Il est six heures cinquante-neuf!

Ils vont à la queue leu leu. BOUM!
Vite, vite, parce qu'il pleut! BOUM! BOUM!

Les Pat le chat défilent au pas, hourra, hourra!

Les Pat le chat défilent au pas, hourra, hourra!

Dans la rue ils marchent dix par dix...